CW01080538

Le père Noël voulait des cadeaux

Tristan Mieger

Illustré par Samy El Hamlili

Il était une fois, dans le pays glacial du **POLE NORD**, le Père Noël.

Avec sa longue barbe blanche et ses yeux scintillants,
il était connu dans le monde entier pour sa générosité et sa capacité à apporter de la joie à tous les enfants.

Mais au milieu de tout ça,
il y avait un désir caché dans le cœur du Père Noël que peu de gens connaissaient.

Année après année, à l'approche des fêtes
de fin d'année,
le Père Noël était de plus en plus
envie x des cad a x qu'il livrait aux
enfants du monde entier.

Il ne pouvait s'empêcher de se demander:

"Et moi ? Est-ce que je ne mérite pas
un cadeau moi aussi ? ».

À mesure que les jours se rapprochent de Noël, la frustration du Père Noël grandit.

L'idée de distribuer inlassablement des cadeaux aux enfants sans en recevoir lui-même l'emplissait d'une **profonde tristesse**.

C'est ainsi qu'en cette funeste veille de Noël, le Père Noël prit une décision qui allait tout changer.

Au lieu d'entreprendre son voyage habituel, le Père Noël décida de rester dans son atelier.

Mais alors que l'horloge sonnait minuit, un coup résonna dans l'atelier. Le cœur du Père Noël battit la chamade.

Qui cela pouvait-il être à cette heure-ci ?

Lentement, il ouvrit la porte et fut accueilli par une surprise.

Une jeune fille nommée Lily se tenait devant lui. Avec un sourire qui illuminait la pièce, elle tendit au Père Noël une boîte joliment emballée.

"Joyeux Noël, Père Noël", dit-elle, les yeux brillants d'excitation.

Le Père Noël est déconcerté.

Il s'attendait à passer la veille de
Noël seul,
mais voilà que cette petite
fille était venue jusqu'au pôle Nord
pour lui offrir un cadeau.

Les mains tremblantes, le Père Noël
déballe le cadeau.

À l'intérieur ne se trouvait pas n'importe quel cadeau, mais une petite cloche en argent.

Son doux tintement remplit la pièce, emplissant le cœur du Père Noël de chaleur et de joie.

Lily expliqua que la cloche avait des propriétés magiques.

On disait que celui qui la possédait
recevait un cadeau spécial la veille de
Noël,
un cadeau que seuls ceux qui croyaient
en la magie de Noël pouvaient recevoir.

Touché par l'acte de gentillesse de Lily,
le Père Noël la remercia,
les larmes aux yeux.

Il comprend alors que la véritable magie
de Noël ne réside pas dans le fait de
recevoir des cadeaux,
mais dans la joie de donner et de
répandre l'Amour.

Les années passèrent et le Père Noël continua à réaliser les rêves des enfants le soir de Noël.

Mais cette fois, il emportait avec lui la cloche d'argent,

Rappel constant de l'altruisme et de la générosité qui avaient touché son propre cœur .

Cher Père Noël

Ma liste de cadeaux

Signature

Date

Printed in Great Britain
by Amazon

34640210R00016